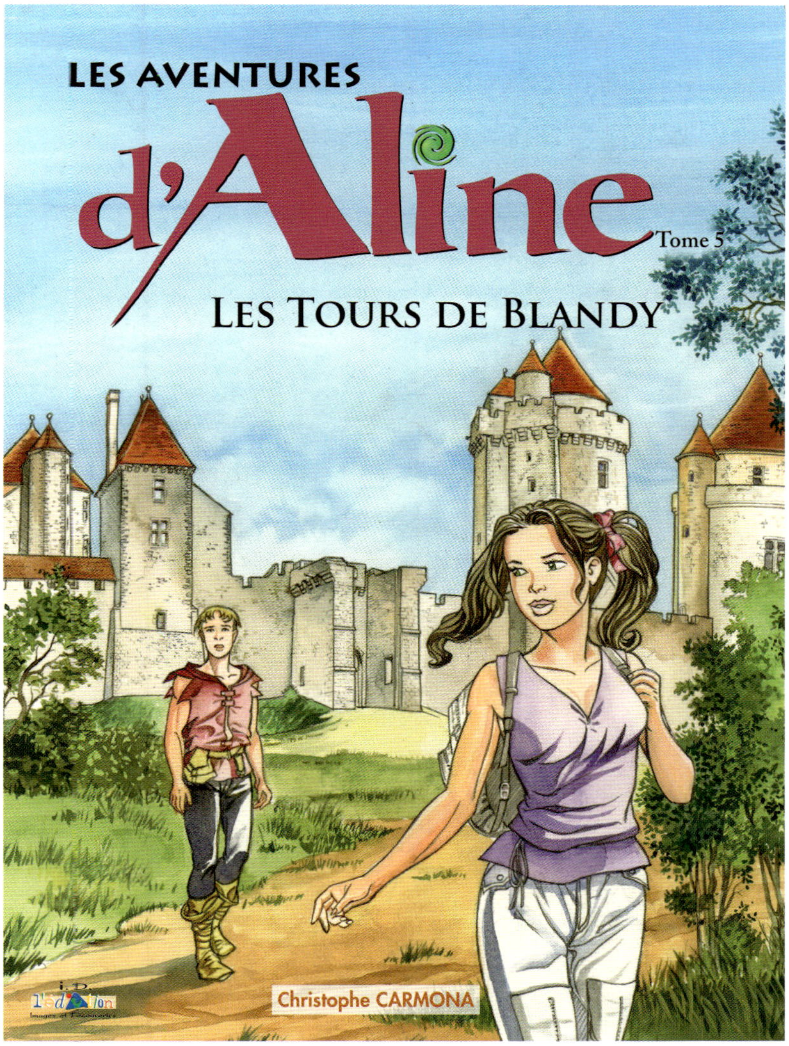
LES AVENTURES
d'Aline
Tome 5
LES TOURS DE BLANDY
Christophe CARMONA

Embarquez-vous sur le vaisseau des siècles !

Au haut Moyen-Age, l'histoire du site est marquée par la présence d'un vaste cimetière bordé par deux églises : l'église actuelle plus petite, dédiée à saint Maurice, et un autre édifice religieux dont on a retrouvé les vestiges dans la cour actuelle du château.
La première enceinte du manoir de Blandy est construite dans les années 1220 par les vicomtes de Melun, proches du roi de France. Les deux églises sont alors séparées.

Quelques dates marquantes de l'histoire du château de Blandy :

Fin XIIIe - début XIVe (les vicomtes de Melun)
l'enceinte du XIIIe siècle est renforcée par une porte fortifiée avec pont levis et un corps de logis est construit dans la cour.

Milieu XIVe - début XV^{e}(les Melun -Tancarville)
extension de l'enceinte : construction de trois grosses tours rondes (tour des archives, tour des gardes et donjon) et ouverture de la grande porte.

XVe (famille d'Harcourt)
agrandissement et aménagement des logis; en 1422-1433 le château est confisqué par les anglais.

XVe - XVIe (les Orléans-Longueville)
Jeanne de Hochberg, marquise de Rothelin, réside à Blandy
1553-1587 : Jacqueline de Rohan réside Blandy; elle y introduit la religion réformée; le château fort, devenu résidentiel, est aménagé au goût de l'époque: galerie, jeu de paume, confort, décoration des logis et jardin d'agrément.
10 août 1572: mariage d'Henri Ier de Bourbon avec Marie de Clèves, en présence du roi de Navarre, futur Henri IV.

1707 - 1764 (les Villars)
3 juillet 1707 : vente du château au maréchal de Villars, déjà propriétaire de Vaux-le-Vicomte; le château devient une ferme : ses toitures sont enlevées et ses chapelles sont transférées à Vaux.

1883 : acquisition de la « ferme des tours » a par la commune.
1889 : classement du château au titre des Monuments historiques.
1992 : acquisition du château par le Conseil général de Seine-et-Marne.
2007 : réouverture du château après travaux de restauration par le Conseil général de Seine-et-Marne.

Pilotage du projet : Lionel Walker, *vice-président du Conseil général de Seine-et-Marne*, Isabelle Rambaud, *directrice des archives, du patrimoine et des musées départementaux*, Nathalie Ensergueix, *sous-directrice du patrimoine*, Odile Lassère, *chef du service études et développement du patrimoine*, Marie-Claire Coste, *chef du service départemental d'archéologie*.
Etudes et recherches : Marie-Claire Coste, Olivier Deforge et Bertrand Delattre.
Documentation complémentaire et relectures : Catherine Blot, Cécile Bonnal, Nathalie Ensergueix, Virginie Lacour, Odile Lassère, Xavier Messager, Isabelle Rambaud.
Sur une proposition de Vincent Eblé, président du Conseil général de Seine-et-Marne et de Lionel Walker, vice-président du Conseil général de Seine-et-Marne

Conseil Général SEINE & MARNE

Direction des Archives, du Patrimoine
et des Musées départementaux
Château de Blandy-les-Tours
77115 Blandy-les-Tours
01 60 59 17 80

ISBN : 978-2-915626-29-2
Imprimé en C.E. 3ème trimestre 2007

i. D. l'édition
Images et Découvertes
122 rue du Général de Gaulle
67560 ROSHEIM
Tél. : 03 88 34 22 00
Fax : 03 88 34 26 26
email: id.edition@wanadoo.fr
www.id-edition.com

*LYS : PLANTES À GRANDES FLEURS QUI ETAIENT L'EMBLÈME DE LA ROYAUTÉ EN FRANCE

OH !!
VOILÀ LE CHÂTEAU, REGARDEZ-ÇA !...
ON NE POUVAIT PAS RÊVER MIEUX POUR NOS PREMIERS PAS D'ARCHÉOLOGUES !
D'ARCHÉOLOGUES OU D'ARCHITECTES, REGARDEZ MOI UN PEU ÇA...
SUPERBE !
EH OUI, ON NE VOIT PAS UNE POSE DE TOITURE TOUS LES JOURS...
BONJOUR, BIENVENUE À BLANDY-LES-TOURS JEUNES GENS...

JE SUIS L'ARCHÉOLOGUE CHARGÉ DE VOUS FAIRE VISITER LE CHÂTEAU AVANT DE VOUS RÉPARTIR LES TÂCHES. SUIVEZ-MOI !
DANS CETTE SALLE VOUS TROUVEREZ LES CASQUES INDISPENSABLES ET OBLIGATOIRES POUR VOTRE SÉCURITÉ...
OUAH ! IMPCSANT !
COMME VOUS VOYEZ NOUS SOMMES EN PLEINS TRAVAUX DE RESTAURATION...
POUR COMMENCER, JE VAIS VOUS MONTRER LE CELLIER.

EH MADEMOISELLE ! METTEZ VOTRE CASQUE !
AUTANT POUR MOI, MERCI !
FAITES ATTENTION OÙ VOUS METTEZ LES PIEDS, L'ESCALIER EST PLUTÔT RAIDE !
VOICI DONC LE CELLIER ...

CETTE PIÈCE EST L'UNE DES CURIOSITÉS DU CHÂTEAU ...
ON NE SAIT PAS RÉELLEMENT À QUOI ELLE SERVAIT SOUS SON ALLURE DE CRYPTE.
À PRÉSENT, ON REMONTE ET ON CONTINUE LA VISITE !
ÇA Y EST, ILS SONT PARTIS, JE VAIS ESSAYER D'EN SAVOIR PLUS SUR CE CELLIER !
JUSQU'À PRÉSENT, PERSONNE NE SAIT QUE JE SUIS EN POSSESSION D'UN POUVOIR SPATIO-TEMPOREL QUI ME PERMET DE VOYAGER DANS LE TEMPS
ET MÊME DE VOIR LE PASSÉ ET L'AVENIR
GRÂCE À LA SPHÈRE MAGIQUE
QUE J'ARRIVE A FAIRE SORTIR DE MA MAIN

1372
OH MAIS, QUI EST CE GARÇON?
MAIS
NOOON !
UN ACCIDENT, C'EST TROP TRISTE...
JE PRÉFÈRE EN RESTER LÀ...
TANT PIS POUR LE CELLIER. À PART L'EXPLICATION QU'ON EN DONNE AUJOURD'HUI : UNE RÉSERVE DE VIVRES, L'ÉNIGME, S'IL Y A ÉNIGME, RESTERA ENTIÈRE ENCORE LONGTEMPS.
OÙ SONT PASSÉS LES AUTRES ?

NOUS VOICI MAINTENANT DANS UNE DES CHAMBRES DU DONJON ...
OÙ EST ALINE ?...
ELLE EST PEUT-ÊTRE DÉJÀ SUR LE CHEMIN DE RONDE DU DONJON...
ALLONS-Y !...
À TOUS LES COUPS, ELLE FAIT DES BÊTISES...
ZUT, JE NE LES VOIS PAS ! MAIS COMMENT JE VAIS LES RETROUVER MOI AU MILIEU DE TOUS CES ENGINS...
SI JE MONTAIS SUR CETTE TOUR...
UN ESCALIER ...
PEUT-ÊTRE SONT-ILS LÀ HAUT TOUT COMPTE FAIT ?...
MÊME D'ICI JE NE LES VOIS TOUJOURS PAS

OU PEUT-ÊTRE QUE SI...
ELLE EST LÀ !
QUOI ?!...
NE RESTEZ PAS LÀ MADEMOISELLE, C'EST DANGEREUX !
SI JE MONTAIS SUR CET ÉCHAFAUDAGE, JE LES APERCEVRAIS PEUT-ÊTRE...
FAITES GAFFE MADEMOISELLE, L'ÉCHAFAUDAGE N'EST PAS ENCORE STABILISÉ...
AH ! ... OH !....
... LES PLANCHES SE DÉROBENT...
ALINE ! NON !
CATASTROPHE ! ON A UNE BLESSÉE !

AU MÊME INSTANT, MAIS BIEN AVANT DANS LE PASSÉ...
1216
1220
TRAVERSANT LES TOURBILLONS TEMPORELS DE LA SPHÈRE MAGIQUE...
PAR SON POUVOIR ALINE A PU ÉCHAPPER AU PIRE...
OUF ! IL S'EN EST FALLU DE PEU...
VOYONS MAINTENANT LA BROCHURE QUE L'ON M'A ENVOYÉE
LA TERRE DE BLANDY COMME ON LA NOMMAIT AU XIIIème SIÈCLE...

LA POSSESSION DE LA TERRE ET DE LA CHAPELLE DE BLANDY EST ÉVOQUÉE EN 1216, DANS SON TESTAMENT, PAR LE VICOMTE DE MELUN, ADAM II DE CHAILLY.
BON, CE N'EST PAS LE TOUT, MAIS JE VAIS DEVOIR REGAGNER MON ÉPOQUE POUR RASSURER MON GROUPE ET FAIRE DES EXCUSES AUX OUVRIERS DU CHANTIER.
1372
FLÛTE, JE SUIS ENCORE AU MOYEN-ÂGE, C'EST QUAND MÊME EMBÊTANT DE REMONTER LE TEMPS PAR PALIERS.
ENFIN, CE N'EST PAS GRAVE, JE PEUX PROFITER DE CETTE ÉPOQUE !
WOUAH !
10

LE CHÂTEAU GÉNÈRE UNE ACTIVITÉ SANS PAREILLE, OÙ S'AFFAIRENT NOMBRE DE CORPS DE MÉTIERS QUI OFFRENT UN CONTRASTE AVEC LE CHANTIER DU XXIème SIÈCLE.
WOUAOU !
QUEL CHANTIER, ON DIRAIT UNE RUCHE.
À BOUT DE BRAS ON DÉCHARGE DES CHARRETTES DE GROSSES PIERRES, PROVENANT DE CARRIÈRES ENVIRONNANTES...
?
... POUR APPROVISIONNER LA TÂCHE DES TAILLEURS ET TÂCHERONS VENUS D'AUTRES RÉGIONS
?
AFIN DE FIXER SOLIDEMENT LES PIERRES ENTRE ELLES, LES CHAUFOURNIERS S'APPLIQUENT À FABRIQUER LE MÉLANGE NÉCESSAIRE À LA COMPOSITION DU MORTIER.
IL ME SEMBLE QUE JE SUIS À UNE ÉTAPE MAJEURE DE LA CONSTRUCTION.
POUR LES PREMIÈRES HAUTEURS DE 2 À 3 PIEDS, ON UTILISAIT UN ENGIN DE LEVAGE NOMMÉ LA CHÈVRE

ET POUR FINIR, LE TREUIL DIT L'ÉCUREUIL...
... QUI PERMETTAIT D'ATTEINDRE LES NIVEAUX SUPÉRIEURS DU CHANTIER.
C'EST BIZARRE, J'AI COMME UNE IMPRESSION DE DÉJÀ VU
POURTANT LES SEULES INFORMATIONS QUE JE CONNAISSE DU PASSÉ...C'EST CE QUE J'AI ENTR'APERÇU DANS LE CELLIER.
À MOINS QUE...
SAPRISTI ! JE SUIS EN TRAIN DE VIVRE CE QUE J'AI VU DANS MA SPHÈRE
ATTENTION ACCIDENT !
POUSSEZ-VOUS ....

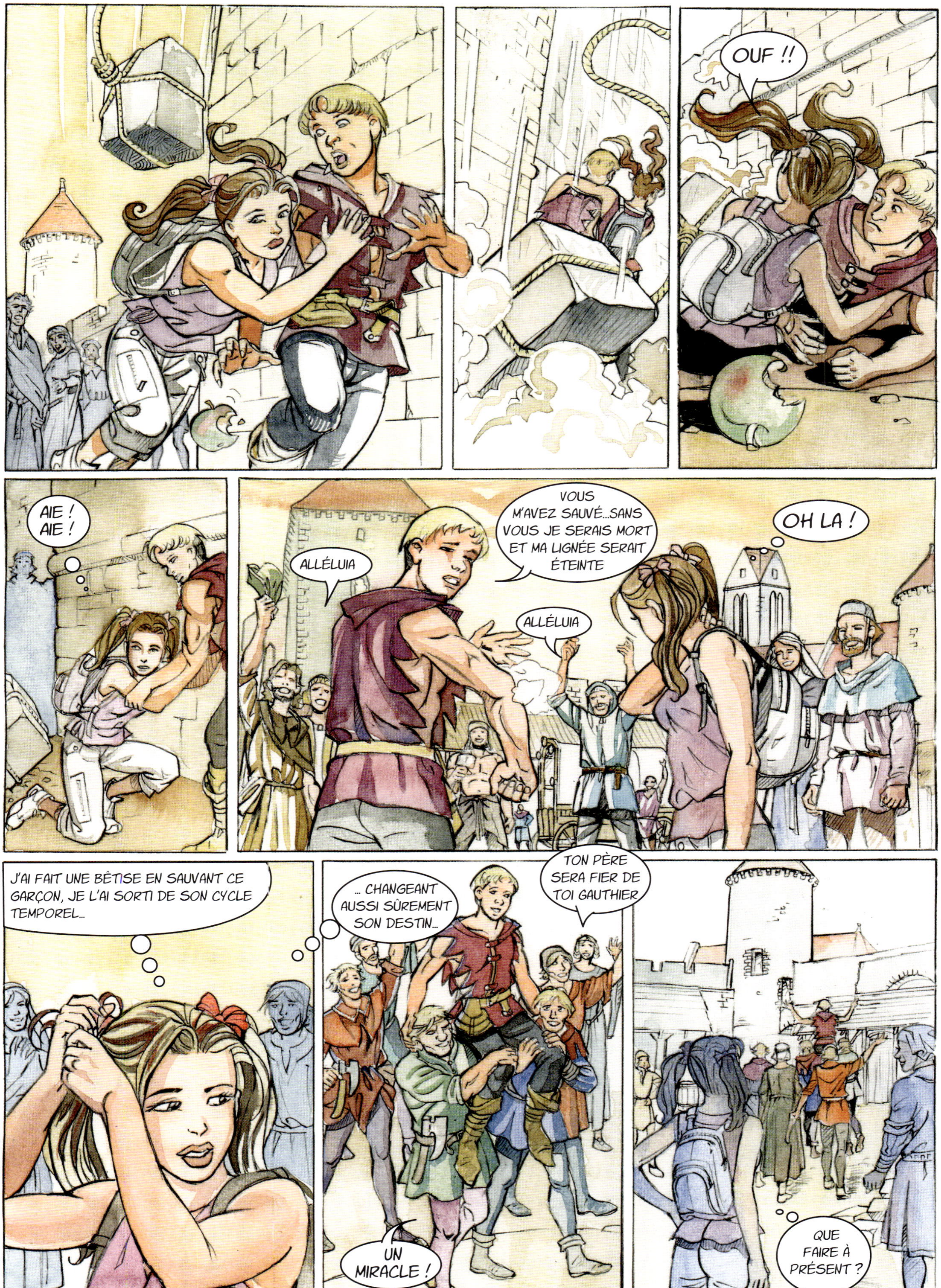
OUF !!
AIE ! AIE !
ALLÉLUIA
VOUS M'AVEZ SAUVÉ...SANS VOUS JE SERAIS MORT ET MA LIGNÉE SERAIT ÉTEINTE
ALLÉLUIA
OH LA !
J'AI FAIT UNE BÊTISE EN SAUVANT CE GARÇON, JE L'AI SORTI DE SON CYCLE TEMPOREL...
... CHANGEANT AUSSI SÛREMENT SON DESTIN...
TON PÈRE SERA FIER DE TOI GAUTHIER
UN MIRACLE !
QUE FAIRE À PRÉSENT ?

EH ! LA DONZELLE !
QUE FAIS-TU LÀ AVEC CETTE ÉTRANGE VÊTURE ?
ET TA COIFFURE, ON DIRAIT BIEN DES OREILLES D'ÂNE !
NE TOUCHE PAS À MES COUETTES
OREILLES D'ÂNE, OREILLES D'ÂNE, NE SERAIT- CE PAS PLUTÔT DES CORNES ?
N'ES-TU PAS FILLE DU DIABLE ?
JE T'AI VU APPARAÎTRE SORCIÈRE !
CESSEZ DONC
APRÈS TOUT, N'A-T-ELLE PAS SAUVÉ MON GAUTHIER !
RETOURNEZ DONC À VOS BESOGNES, JE ME PORTE GARANT DE CET ENFANT
ET SUIS BIEN CONTENT D'AVOIR UN FILS PAR SA GRÂCE.
ALLONS, VIENS.

JE VAIS TE PRÉSENTER LE SIRE JEAN II DE MELUN, COMTE DE TANCARVILLE.
GODEFROY DE CHÂLON MAÎTRE TAILLEUR DE PIERRE EST MON PÈRE.
AU FAIT, QUEL EST TON NOM ?
ALINE. JE VOUS REMERCIE, TOI ET TON PÈRE DE M'AVOIR SAUVÉE DE CES RUSTRES.
MONSEIGNEUR, VOICI ALINE. ELLE VIENT DE ME SAUVER D'UN FUNESTE DESTIN.
BONJOUR MONSIEUR
MAIS QUE VEUX-TU QUE JE FASSE DE TA MAIN ?
RIEN, RIEN, C'EST UNE PETITE ERREUR HISTORIQUE !
POUVEZ-VOUS ME PRÉCISER À QUELLE ÉPOQUE ON EST ?

COMMENT ? VOUS IGNOREZ QUE NOTRE BON ROI CHARLES V EST EN GUERRE CONTRE LES ANGLAIS, EMMENÉS PAR LEUR SOUVERAIN EDOUARD III, PETIT FILS DE PHILIPPE LE BEL PAR SA MÈRE
ET QUI À CE TITRE, REVENDIQUE LE TRÔNE DE FRANCE.
À NOS PORTES, LES MANANTS SENTAIENT LE VENT MAUVAIS, NOTRE SOUVERAIN FAIT RENFORCER LES FORTIFICATIONS DES CHÂTEAUX DES ENVIRONS DE PARIS DONT BLANDY.
COMME LE DIT GAUTHIER, IL EST VRAI QUE LA PROXIMITÉ DU PARTI BOURGUIGNON, ALLIÉ DES ANGLAIS, INCITE À LA MÉFIANCE.
LES ANGLAIS ET LES FRANÇAIS S'AFFRONTENT À COUPS DE SIÈGES
ILS RIVALISENT EN MATIÈRE DE TECHNIQUE MILITAIRE.
IL FAUT UNE ARCHITECTURE DE DÉFENSE INVENTIVE POUR CONTRER LES ANGLAIS ET LEURS ALLIÉS.
NOUS REPOUSSERONS L'ENNEMI, NE LUI LAISSANT AUCUNE CHANCE...PAS VRAI PÈRE ?
MONSEIGNEUR, VENEZ VOIR LA HERSE DE LA GRANDE PORTE QUE NOUS AVONS INSTALLÉE !

VOICI SON FONCTIONNEMENT MESSIRES.
AVEC ÇA ILS N'ONT AUCUNE CHANCE... FACE À MOI NON PLUS D'AILLEURS !
TU SAIS, ALINE, JE ME DESTINE AU TRÈS NOBLE MÉTIER DES ARMES.
TRÈS NOBLE MÉTIER, TU PARLES !
IMAGINE, JE SUIS DEVENU UN CHEVALIER J'AFFRONTE 10, 20
QUE DIS-JE ? 100 ANGLAIS QUE JE POURFENDS...
... DÉJÀ À TERRE 1000 AUTRES MOURRONT DE MON ÉPÉE.
ET TOUT ÇA À CAUSE DE QUI ?... ALINE BIEN SÛR !
MILLE, DEUX MILLE FUTURES GÉNÉRATIONS DISPARAÎTRONT...
PAR MA FAUTE...
MAIS JE NE VEUX PAS NON PLUS QU'IL MEURE.
17

À NOUS DEUX GENTE DEMOISELLE
IL EST GRAND TEMPS POUR TOI DE ME DIRE D'OÙ TU VIENS
TOUT DOUX NOBLE CHEVALIER
TON ÉPÉE NE VAUT PAS MON POUVOIR !
1390
1410
1420
VIENS AVEC MOI
VERS LE FUTUR
DIABLE !?

TOUJOURS AU CHÂTEAU, EN 1439
REGARDE PLUTÔT DERRIÈRE TOI...
AUX PORTES, VITE ! FAITES DESCENDRE LA HERSE !

OÙ SOMMES-NOUS ?
ET QUI SONT-ILS ?!
ON VA AVOIR QUELQUES PROBLÈMES...
19

TROP TARD !!
TIENS GAMIN
ILS N'ONT PAS EU LE TEMPS DE BAISSER LA HERSE
PRENDS CETTE ARME ET VIENS DÉFENDRE NOTRE DAME CONTRE L'ENNEMI
AH ! AH ! TU FAIS MOINS LE MALIN MAINTENANT.
À L'ATTAQUE
NE RESTE PAS LÀ ! NE VOIS-TU PAS LE DANGER ?!

C'EST ALORS QU'UN COMBAT FAIT RAGE...
... ENTRE UNE TRENTAINE D'ASSAILLANTS DÉTERMINÉS ET LES GENS DU CHÂTEAU AU MILIEU DESQUELS GAUTHIER SEMBLE PÉTRIFIÉ.
JE NE PEUX RIEN CONTRE EUX ...
SEIGNEUR !
GAUTHIER !...
ALLONS NOUS RÉFUGIER DANS LA TOUR CARRÉE
FUIR !
MAIS QUE SE PASSE-T-IL DONC ICI MADAME ?
JE DOIS FUIR CET ENSORCELLEMENT, ME CACHER ET VITE !
21

MESSIRE ERARD DE MONTARGIS EST ICI POUR PRENDRE PAR LA FORCE DAME MARIE D'HARCOURT
JEAN DUNOIS, BÂTARD D'ORLÉANS, EST ÉPRIS D'ELLE, IL A PROVOQUÉ ERARD LORS D'UN TOURNOI ET L'A BATTU SOUS LES YEUX DE NOTRE DAME ... ERARD NE RÊVE PLUS QUE DE VENGEANCE !
MESSIRE ERARD, UN JEUNE HOMME SE DIRIGE VERS LE DONJON
ALLONS- Y...
DAME MARIE A CERTAINEMENT DÛ S'Y RÉFUGIER...
JE DOIS LES EMPÊCHER D'ENTRER...
ATTENTION ! LA HERSE ...
MISÉRABLE ! CE GUEUX S'EST JOUÉ DE NOUS... FOUILLEZ TOUT LE CHÂTEAU POUR RETROUVER MA PROMISE...
ALLONS ! NE PERDONS PAS DE TEMPS
JE LES AI BIEN EUS...

UN PEU PLUS TARD... ALORS QUE ERARD CONTINUE DE FOUILLER LA PLACE...
DAME MARIE... J'AI PU SAUVER CETTE JEUNE FILLE...
NOS GENS N'ONT PU EMPÊCHER CE RUSTRE DE PÉNÉTRER DANS LA COUR.
ANNE ! MA FIDÈLE SERVANTE, JE NE VEUX PAS REVOIR CE BRIGAND...
... QUI NE RÊVE PLUS QUE DE VENGEANCE. QU'IL NOUS LAISSE DONC !
MON GAUTHIER, OÙ EST-IL ?
QUI NOUS SAUVERA ?
ILS ARRIVENT !
EH ! JE CROIS QU'ILS M'ONT VUE...
IL NE RESTE PLUS QUE CETTE TOUR À FOUILLER
TE VOILÀ DONC MA MIE ...
MESSIRE LAISSEZ-MOI

IL EST MAINTENANT GRAND TEMPS DE TE SOUMETTRE À MA VOLONTÉ...
TU N'AS PLUS LE CHOIX...
BIEN AU CONTRAIRE !
SOIS RAISONNABLE...
PLUTÔT MOURIR QUE DE VOUS CÉDER, INFAME QUE VOUS ÊTES...
LA BRUTE ! QU'IL LA LAISSE DONC TRANQUILLE !
AU MÊME INSTANT, JEAN DUNOIS ARRIVE ACCOMPAGNÉ DE SES GENS D'ARMES AU SECOURS DE CELLE QU'IL CONVOITE.
PRENDS ÇA SAUVAGE !
OUTCH !
QUI A OSÉ ?!
FRANCHISSANT LE PONT-LEVIS ILS REPÈRENT TRÈS VITE LE LIEU OÙ SE DÉROULE LE DRAME...
REGARDEZ... ILS SONT DANS LA TOUR CARRÉE !
24
MAUDITE ... NE LA LAISSEZ PAS PARTIR !
ELLE VA VERS LE CHEMIN DE RONDE...

ET DEVANT ALINE ENFIN LE PREUX CHEVALIER SE DIRIGE AU SECOURS DE SA DAME...
SANS DIEU LES GENS DE DUNOIS
N'AYEZ CRAINTE, VOUS SOMMES LÀ POUR SAUVER MARIE D'HARCOURT DES GRIFFES DE L'IGNOBLE ERARD...
MESSIRE ! DUNOIS EST VENU LA SECOURIR ...IL EST LÀ !
AU MÊME INSTANT, SE RETOURNANT FACE À LA FENÊTRE, MARIE N'A PU VOIR SON BIEN AIMÉ PASSER LE PONT-LEVIS.
ANNE, MA SERVANTE, ANNE, NE VOIS-TU RIEN VENIR... ?
NON MADAME !
LAISSE-MOI ANNE, JEAN DUNOIS MON BIEN AIMÉ M'A OUBLIÉE ET ABANDONNÉE À MON TRISTE SORT...
ALINE ET LES AUTRES VOIENT MARIE SE JETER DANS LE VIDE...
AU SECOURS !
REGARDEZ-ÇA !...
DUNOIS, VOYANT QU'IL ARRIVE TROP TARD, EST IVRE DE RAGE ET DE DOULEUR.
CHIEN, FOURBE, PARJURE, MÊME L'ENFER SERA TROP BON POUR UNE CRAPULE DE TON ACABIT ! VIENS ICI QUE JE TE FASSE RENTRER LES RÈGLES DE LA CHEVALERIE ET DE L'AMOUR COURTOIS UNE BONNE FOIS POUR TOUTE DANS TA PANSE DE RIBAUD...
TU AS RAISON, SALE BÂTARD, MIEUX VAUT NE PAS VIVRE QUE DE VOIR SI GENTE DAME SE CONSUMER D'AMOUR EN DE SI VILAINES MAINS
25

ALORS QUE LE COMBAT FAIT RAGE, GAUTHIER S'EST RÉFUGIÉ DANS LE DONJON.
ALINE !
GAUTHIER !...
PAR CHANCE MA DOUCE ALINE SEMBLE SAINE ET SAUVE !
DIEU MERCI, GAUTHIER EST VIVANT ! IL FAUT QUE JE LE REJOIGNE !
PRENANT SES JAMBES À SON COU, ELLE SE DIRIGE RAPIDEMENT VERS LE DONJON...
ALINE !...
BIEN VU, GAUTHIER. CETTE TOUR SERA PARFAITE POUR ENFIN CHANGER D'ÉPOQUE !
ATTENTION ! DERRIÈRE TOI...
LES POURSUIVANTS SONT À LEURS TROUSSES...
...ALORS QU'ILS GRAVISSENT L'ESCALIER DU CHEMIN DE RONDE...
... QUI MÈNE AU PETIT PONT-LEVIS.
?!...
26

N'ÉCOUTANT QUE SON COURAGE, GAUTHIER AIDÉ D'ALINE LÈVE LE PONT-LEVIS PRÉCIPITANT LA PLUPART DES POURSUIVANTS DANS LE VIDE.
DIABLE !
AVEC ÇA, ILS SONT RALENTIS POUR UN MOMENT !
NOUS SOMMES À L'ÉCART POUR CONTINUER NOTRE VOYAGE TEMPOREL...
TU NOUS AS SAUVÉS ! VIENS QUE JE TE FASSE UN BISOU !
ET MAINTENANT, DIRECTION... LE FUTUR !
DIABLE !
ET LÀ ILS DÉCOUVRENT D'ABORD L'ISSUE DE L'AFFRONTEMENT ENTRE ERARD ET DUNOIS ET LE SORT DE LA PAUVRE MARIE D'HARCOURT.
DUNOIS, LE GUERRIER INVINCIBLE, LE COMPAGNON DE JEANNE D'ARC, POURFEND ENFIN SON ENNEMI APRÈS UN DUEL IMPITOYABLE.
PAR MIRACLE MARIE EST TOMBÉE SUR UN TERRAIN TRÈS MEUBLE CE QUI A AMORTI SA CHUTE
LES LARMES AUX YEUX, DUNOIS RETROUVE SA BIEN AIMÉE QU'IL CROYAIT MORTE

ALINE ET GAUTHIER ONT ENCORE CHANGÉ D'ÉPOQUE, ÉTOURDIS PAR LES TRAGIQUES ÉVÉNEMENTS QU'ILS ONT VÉCUS.
1572
MA SPHÈRE ME DIT QUE NOUS SOMMES LE 10 AOÛT 1572
VAS-TU M'EXPLIQUER ENFIN CE QUI SE PASSE...
JE CROIS QUE...
SORTONS D'ABORD ET TU VERRAS !
MAIS TU ES FOLLE, ON VA SE JETER DANS LA GUEULE DU LOUP !
SUIS-MOI, TU VAS COMPRENDRE PAR TOI MÊME !...
ICI ET À CETTE ÉPOQUE, NOUS NE COURRONS PLUS AUCUN RISQUE
MERVEILLEUX ! DIS-MOI ALINE ...
OÙ SOMMES NOUS ? NE SERIONS-NOUS PAS AU PARADIS ?
ET POURTANT LA TOUR LONGUEVILLE EST ENCORE LÀ...
QUE PENSES-TU DE CES NOUVEAUX BÂTIMENTS ?
28

MON CHANTIER A DISPARU ET JE NE RECONNAIS POINT LE CHÂTEAU QUE MON PÈRE CONSTRUISAIT.
MON PAUVRE AMI, IL Y A BIEN LONGTEMPS QUE TON PÈRE N'EST PLUS, NOUS AVONS AVANCÉ DANS LE TEMPS D'AU MOINS DEUX À TROIS GÉNÉRATIONS...
BIGRE ! TU TE GAUSSES DE MOI ?
PAS DU TOLT, J'AI LE POUVOIR DE VOYAGER DANS LE TEMPS !
BILLEVESÉES, TU VAS ME RAMENER CHEZ MOI ...
TOUT CELA M'EFFRAIE...
... JE ME LANGUIS DE REVOIR MA FAMILLE...
MAIS QUI SONT CES GENS ?
ET AVEC ÇA, COMMENT LUI DIRE QU'IL DEVRAIT ÊTRE MORT À L'HEURE QU'IL EST !
CELA EST IMPOSSIBLE, IL NE LE COMPRENDRAIT PAS, POUR SÛR!...
EH ! VOUS DEUX, D'OÙ SORTEZ-VOUS DÉPENAILLÉS COMME CELA, ALLEZ VOUS DÉBARBOUILLER ... DAME LISETTE VOUS HABILLERA POUR LE BANQUET DE MARIAGE !

* PROTESTANTE

OH ! REGARDE ! LÀ, CETTE DAME QUI SE DIRIGE VERS L'ENTRÉE POUR ACCUEILLIR LE CORTÈGE, C'EST...
... LA MARQUISE DE ROTHELIN...
ELLE EST TELLE QUE DANS MON GUIDE ! C'EST ELLE L'ORGANISATRICE DES NOCES !
JACQUELINE DE ROHAN, MARQUISE DE ROTHELIN ÉTAIT L'UNE DES FIGURES DE PROUE DU PROTESTANTISME AU SEIN DE LA NOBLESSE DE COUR...
... CORRESPONDANTE DE JEAN CALVIN ET TRÈS ENGAGÉE AU SEIN DE LA RÉFORME
ALORS COMME CELA, TON HISTOIRE DE VOYAGE DANS LE TEMPS SERAIT VRAIE ? MAIS ALORS, DE QUELLE ÉPOQUE VIENS-TU ?
DE BIEN PLUS LOIN QUE TU NE L'IMAGINES ... DU FUTUR, CE QUI SERAIT BIEN TROP COMPLIQUÉ À T'EXPLIQUER !
ÉCOUTE CE QUI SUIT !
GRÂCE À ELLE, LE CHÂTEAU DE BLANDY EST DEVENU UN TÉMOIN DE L'ÉGLISE RÉFORMÉE !
ELLE A MÊME FAIT CÉLÉBRER LE MARIAGE DANS L'ÉGLISE DU VILLAGE, LES CATHOLIQUES DEVANT SE RÉUNIR À LA CHAPELLE SAINT-MARTIN, DANS L'ENCEINTE DU PRIEURÉ VOISIN DE SAINT-MARTIN.
31

EMBOÎTONS LE PAS AU CORTÈGE, CE QUI DEVRAIT NORMALEMENT NOUS MENER AU BANQUET PRÉVU DANS LA SALLE DE L'AUDITOIRE !
FAIS-MOI CONFIANCE. POUR AVOIR DÉJÀ CONNU CE GENRE DE RÉJOUISSANCES, TU NE SERAS PAS DÉÇU !
C'EST BIEN BEAU TOUTE CETTE TROUPE, MAIS LA FAIM ME TENAILLE. JE VOIS LE CORTÈGE S'AVANCER AVEC SOLENNITÉ ET LENTEUR ...
... ALORS QUE JOIE ET CÉLÉRITÉ CONVIENDRAIENT MIEUX À MON ESTOMAC ! TUDIEU, QUE NE SE PRESSE-T-ELLE PAS PLUS, QU'ON AILLE SE REMPLIR LA BEDAINE !
MAIS DÉJÀ LES CONVIVES SONT ATTABLÉS POUR LE GRAND FESTIN OÙ FESTOIENT GAIEMENT COLIGNY, GRAND DIGNITAIRE DU ROYAUME ET CONSEILLER DU ROI CHARLES IX, LA DUCHESSE DE FERRARE, RENÉE DE FRANCE, FILLE DU ROI LOUIS XII ET D'ANNE DE BRETAGNE, CHÂTELAINE DE MONTARGIS COMME JACQUELINE DE ROHAN L'EST DE BLANDY.

TU VOIS QUELQUE CHOSE ?
LE JEUNE ROI DE NAVARRE, FUTUR HENRI IV
POUR SÛR, NOUS AVONS ENCORE DU CHEMIN À FAIRE AVANT DE PASSER À TABLE...
HÉ VOUS DEUX ! SUIVEZ-MOI !
ON A BESOIN DE VOUS POUR PRÉPARER LA SALLE ET LE FILET, AU JEU DE PAUME...
ALLONS-Y GAUTHIER, ON N'EST PAS PRÈS D'ÊTRE SERVIS DE TOUTE FAÇON...
UN PEU PLUS TARD, APRÈS AVOIR TENDU LE FILET DANS LA SALLE DU JEU DE PAUME DE BLANDY, ALINE ET GAUTHIER S'ADONNENT À UNE PARTIE DE CE JEU, ANCÊTRE DU TENNIS, QUI SE JOUAIT AVEC UNE BALLE EN PEAU D'ANIMAL...
EH ! LES DEUX ENFANTS DE LA BALLE COMME ON VOUS APPELLE, JE VAIS VOUS MONTRER COMMENT ON JOUE AU TENNIS...
AU TENNIS ?!...
... OU DE CUIR ; QUAND LE JEU SE DÉVELOPPE AU XIIIÈME SIÈCLE, ON JOUE AVEC DES GANTS, REMPLACÉS PAR DES RAQUETTES À PARTIR DU XVÈME SIÈCLE. LES JOUEURS LE PRATIQUENT PAR ÉQUIPES SUR DES TERRAINS EN PLEIN AIR OU EN SALLE, LE PLUS SOUVENT CARRELÉS, DIVISÉS PAR UNE CORDE, PUIS PAR UN FILET.
VOUS NE POUVEZ PAS COMPRENDRE...
ATTRAPEZ-ÇA !...
LA BALLE TOMBE À PIC !
S'ENGAGE ALORS UNE PARTIE ENDIABLÉE...
... OÙ DES FORMULES DURABLES...
ILS ONT L'AVANTAGE...
NE T'INQUIÈTE PAS FRÈRE, JE SUIS LE MEILLEUR, POUR SAISIR LA BALLE AU BOND...
... S'ENTRECROISENT TOUT AUTANT QUE LES BALLES.

ALINE RESTE SUR LE CARREAU...
IL FAUT PRENDRE L'AVANTAGE...
ATTENTION PETIT FRÈRE ! QUI VA À LA CHASSE PERD SA PLACE
ELLE ÉPATE LA GALERIE !
BRAVO! ILS EMPORTENT LA MANCHE...
JE COMPRENDS MAINTENANT D'OÙ VIENNENT CES EXPRESSIONS !
QUE VEUX-TU DIRE PAR LÀ ?
TOUT SIMPLEMENT QUE BEAUCOUP DE GENS EMPLOIERONT PLUS TARD CES EXPRESSIONS DANS LA VIE DE TOUS LES JOURS !
EH ! REGARDE ! LES JUMEAUX ABANDONNENT LA PARTIE, ILS SONT VEXÉS...
J'AI UNE BONNE NOUVELLE POUR TOI : LES MARIÉS ET LEURS INVITÉS VIENNENT D'ARRIVER, CE QUI SIGNIFIE QU'ON PEUT ALLER MANGER ET EN PROFITER POUR RETROUVER NOS VÊTEMENTS !
ALLONS-Y, NE PERDONS PAS DE TEMPS !

PLUS TARD, AYANT RETROUVÉ LEURS TENUES RESPECTIVES, ALINE ET GAUTHIER SE RETROUVENT DANS LA SALLE DE L'AUDITOIRE.
QUEL GÂCHIS, NON SEULEMENT ILS N'ONT QUASIMENT RIEN MANGÉ MAIS ILS ONT DONNÉ LES RESTES AUX CHIENS !
EH BIEN S'IL NE RESTE QUE LES CHIENS, JE SUIS PRÊT À EN MANGER UN !
TU NE FERAIS PAS CELA, ILS SONT TROP MIGNONS !
EN ATTENDANT, ILS ONT, EUX, LE VENTRE PLEIN !
ALLEZ, RAMÈNE-MOI À LA MAISON,
LÀ-BAS AU MOINS JE SUIS SÛR D'Y TROUVER BONNE CHÈRE ET JE T'Y INVITE COMME DAME D'HONNEUR !
JE VOIS QUE LE MARIAGE T'A INSPIRÉ !
POURQUOI PAS ? DEPUIS LE TEMPS QUE TU ME PARLES DE FUTUR ... ENTRE GUERRE ET ÉPOUSAILLES,
MON CHOIX EST FAIT ...
... SURTOUT DEPUIS QUE JE T'AI RENCONTRÉE !
À CE STADE, FAIRE MARCHE ARRIÈRE N'EST PAS SIMPLE !
35

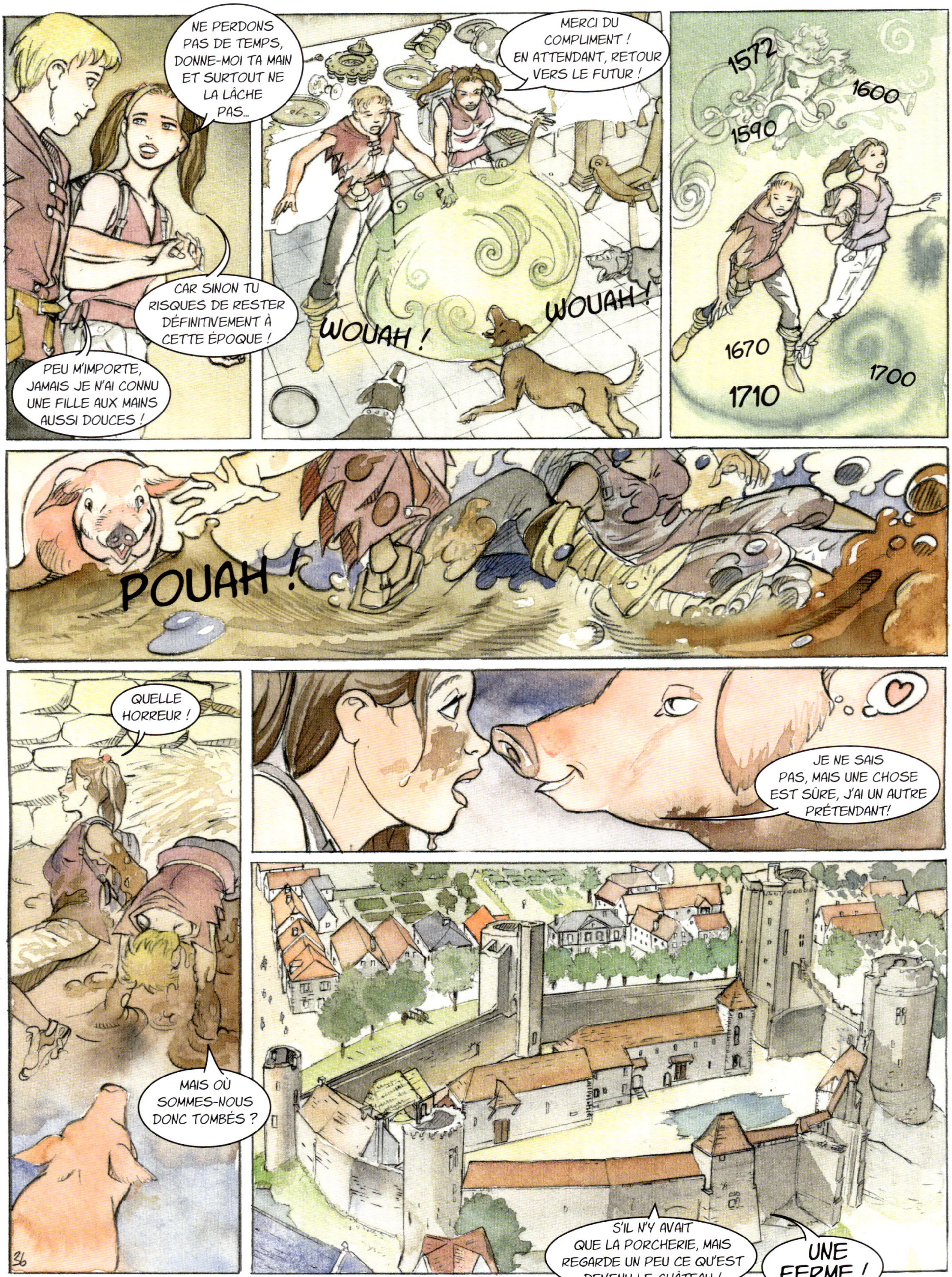
NE PERDONS PAS DE TEMPS, DONNE-MOI TA MAIN ET SURTOUT NE LA LÂCHE PAS...
CAR SINON TU RISQUES DE RESTER DÉFINITIVEMENT À CETTE ÉPOQUE !
PEU M'IMPORTE, JAMAIS JE N'AI CONNU UNE FILLE AUX MAINS AUSSI DOUCES !
MERCI DU COMPLIMENT ! EN ATTENDANT, RETOUR VERS LE FUTUR !
WOUAH !
WOUAH !
1572
1600
1590
1670
1700
1710
POUAH !
QUELLE HORREUR !
MAIS OÙ SOMMES-NOUS DONC TOMBÉS ?
JE NE SAIS PAS, MAIS UNE CHOSE EST SÛRE, J'AI UN AUTRE PRÉTENDANT!
S'IL N'Y AVAIT QUE LA PORCHERIE, MAIS REGARDE UN PEU CE QU'EST DEVENU LE CHÂTEAU !
UNE FERME !

EN TOUS CAS, FERME OU PAS, IL FAUT QUE L'ON PUISSE S'Y NETTOYER !
ET POURQUOI PAS MANGER ?
PAR LA VIERGE MARIE
D'OÙ VOUS SORTEZ VOUS DEUX ?!
CELA FAIT DES JOURS QUE NOUS VOYAGEONS ET NOUS AIMERIONS NOUS CHANGER !
ET SI PAR BONHEUR VOUS AVIEZ UNE OMELETTE...
... OU UNE PETITE SOUPE, ÇA NE SERAIT PAS DE REFUS ?
D'ACCORD, VOUS VOUS LAVEZ, VOUS MANGEZ ET JE VOUS PRÊTE DES VIEILLES FRUSQUES. VOUS IREZ LAVER LES VÔTRES AU VILLAGE !
BRRR... ELLE EST GLACIALE VOTRE EAU !
ET MAINTENANT, À LA SOUPE !
POUR MOI ELLE EST PARFAITE !
CHIC, CELA VA RÉCHAUFFER !
ET UN PEU PLUS TARD...
DÉLICIEUSE VOTRE SOUPE !
JE PEUX RAPPELER LES CHIENS, ILS N'ONT PLUS RIEN À CRAINDRE !
37

MAINTENANT JE VAIS VOUS MONTRER OÙ EST LE LAVOIR !
DITES, MADAME, LE CHÂTEAU VOUS APPARTIENT-IL ?
QUE NENNI MA FILLE, JE NE SUIS QUE L'ÉPOUSE DU MÉTAYER DE MONSEIGNEUR LOUIS-HECTOR DE VILLARS...
... PAIR ET MARÉCHAL DE FRANCE QUI A RACHETÉ LE CHÂTEAU EN 1707 AUX HÉRITIERS DU CHEVALIER DE SOISSONS À LA MORT DE LA DUCHESSE DE NEMOURS, DERNIÈRE DESCENDANTE DES SEIGNEURS DE BLANDY
AH BON, LE MARÉCHAL DE VILLARS N'HABITE DONC PAS ICI ?
NON, IL RÉSIDE AU CHÂTEAU DE VAUX TOUT PROCHE...
FROTTEZ BIEN, JE VEUX QUE MON LINGE SOIT BLANC !
QUELQUES 3000 COUPS DE BATTOIR PLUS TARD ...
GENTILLE LA FERMIÈRE, MAIS QUAND MÊME PAS GÊNÉE DE NOUS REFILER SON LINGE À LAVER !
38

MAINTENANT IL FAUT ENCORE LE SÉCHER...TU AS UNE IDÉE ?
CE N'EST PAS ICI QU'ON VA TROUVER UN SÈCHE-LINGE...
SÈCHE-LINGE ... C'EST QUOI ENCORE CETTE AFFAIRE ?
T'INQUIÈTE MON BRAVE GAUTHIER, TU NE PEUX PAS COMPRENDRE. EH ! JE CROIS QUE J'AI UNE BONNE IDÉE...
ALINE ET GAUTHIER SILLONNENT LA VASTE CAMPAGNE DANS UNE CHARRETTE TOUT JUSTE EMPRUNTÉE ...
ON AURAIT PEUT-ÊTRE PU DEMANDER AU PROPRIÉTAIRE LA PERMISSION D'UTILISER SA CHARRIOTE, TU NE CROIS PAS...
DE TOUTE FAÇON UNE FOIS LE LINGE BIEN SEC ON QUITTE CETTE ÉPOQUE...
TU AS REMARQUÉ COMME LA ROUE BOUGE ?
OUI, JE NE SAIS PAS SI NOUS FINIRONS NOTRE PROMENADE DANS CET ENGIN... ENSUITE TU VIENDRAS AVEC MOI DANS MON ÉPOQUE.
À VRAI DIRE GAUTHIER... JE N'ÉTAIS PAS PRÉPARÉE, MALGRÉ MON POUVOIR, À VVRE UNE TELLE SITUATION !

* ACTUEL CHÂTEAU DE VAUX-LE-VICOMTE

CHEMINANT À VIVE ALLURE À TRAVERS LA VASTE CAMPAGNE ...
ILS RETROUVENT LEUR VILLAGE.
OH ! REGARDE UN PEU... CE QUI VIENT LÀ,
JE T'AVAIS PRÉVENUE...
ON VA AU CHÂTEAU, ET VITE...
ILS SONT À LA FERME !...
ELLE EST CASSÉE, ILS NE NOUS PARDONNERONT PAS... !
DÉPÊCHONS-NOUS DE NOUS HABILLER, RETOURNE-TOI ...
VITE AVANT QUE LES HABITANTS NE NOUS TOMBENT DESSUS, ET PROFITONS QUE LA FERMIÈRE N'EST PAS LÀ POUR PARTIR DISCRÈTEMENT !
ILS SONT ENTRÉS DANS LA COUR ! JE VAIS GARDER CES VÊTEMENTS, PLUS LE TEMPS DE ME CHANGER...
COMME TU VOUDRAS ... ALLONS DANS CETTE TOUR POUR NOTRE DÉPART

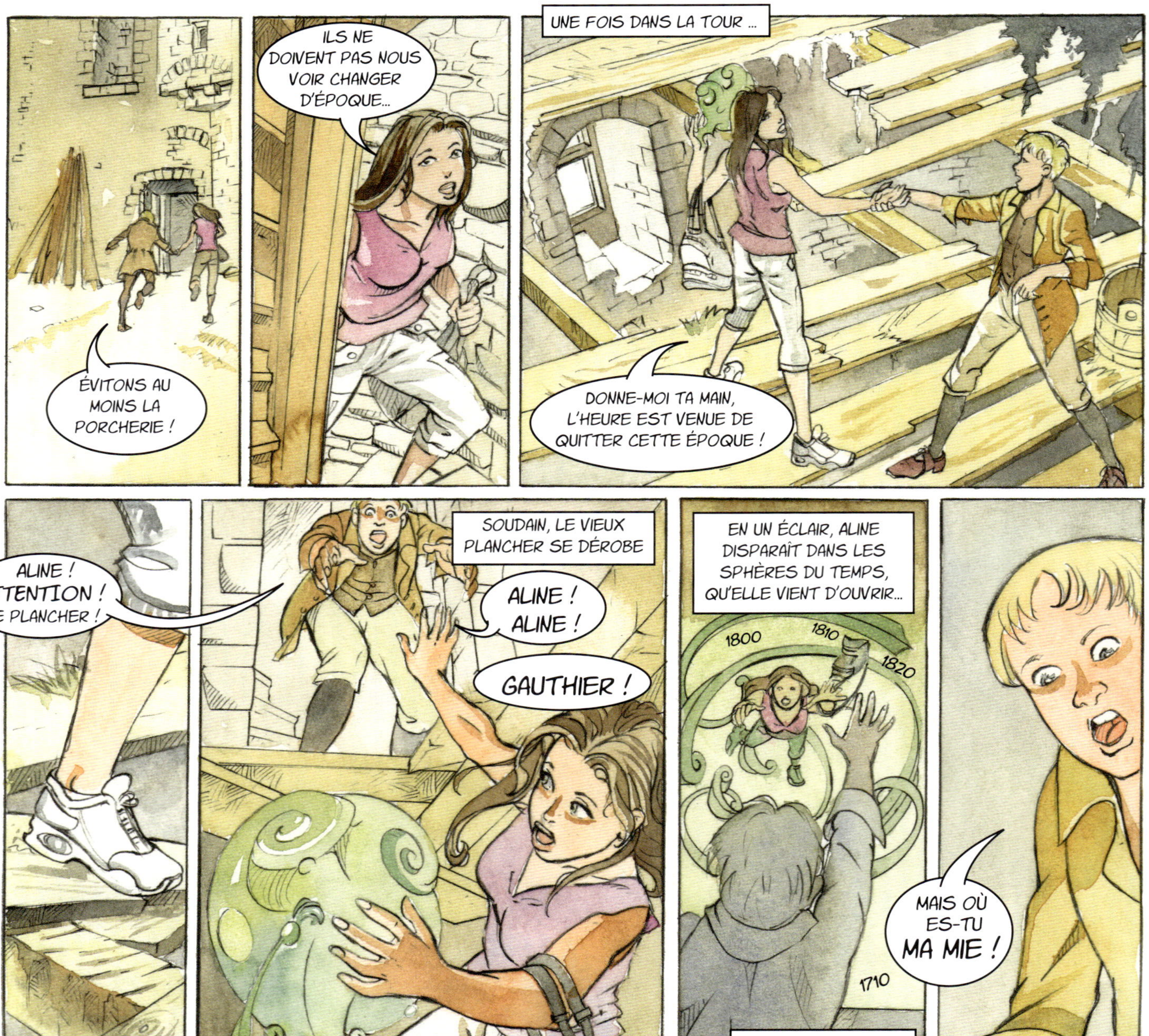
ÉVITONS AU MOINS LA PORCHERIE !
ILS NE DOIVENT PAS NOUS VOIR CHANGER D'ÉPOQUE...
UNE FOIS DANS LA TOUR ...
DONNE-MOI TA MAIN, L'HEURE EST VENUE DE QUITTER CETTE ÉPOQUE !
ALINE ! ATTENTION ! LE PLANCHER !
SOUDAIN, LE VIEUX PLANCHER SE DÉROBE
ALINE ! ALINE !
GAUTHIER !
EN UN ÉCLAIR, ALINE DISPARAÎT DANS LES SPHÈRES DU TEMPS, QU'ELLE VIENT D'OUVRIR...
1800
1810
1820
1710
GAUTHIER LA VOIT TOMBER STUPÉFAIT...
MAIS OÙ ES-TU MA MIE !
SON VOYAGE LA CONDUIT SUR UNE BOTTE DE PAILLE... CE QUI AMORTIT SA CHUTE...
GAUTHIER, MON GAUTHIER, POURQUOI AS-TU LÂCHÉ MA MAIN ?
REPRENANT SES ESPRITS, ALINE ACTIONNE FRÉNÉTIQUEMENT LA SPHÈRE DU TEMPS, ESPÉRANT RETROUVER CELUI QU'ELLE A PERDU.
RIEN À FAIRE, C'EST IMPOSSIBLE ...
EH BIEN MON GAILLARD, VOUS EN AVEZ EU DE LA CHANCE ! J'ALLAIS FAIRE RÉPARER CETTE CHARRETTE... ON A VOULU VOUS PRÉVENIR...

AU MÊME INSTANT... MAIS DANS UNE ÉPOQUE PLUS AVANCÉE...
... UNE ÉPOQUE OÙ VISIBLEMENT...
... LA NATURE A REPRIS SES DROITS
GAUTHIER ! MON GAUTHIER ! TE RETROUVERAIS-JE JAMAIS ?...
C'EST ALORS...
... QUE SURPRISE, ELLE QUITTE LES VIELLES RUINES...
... TÉMOIN FUNESTE DE SON AMOUR PERDU...
43

ALINE REGAGNE LE VILLAGE. LA FOULE DES GRANDS JOURS EST RÉUNIE À BLANDY EN CE DIMANCHE DE FOIRE...
... CONTRASTANT AVEC L'IMPRESSION DE SOLITUDE QUE DÉGAGE LE CHÂTEAU.
MARCHANDS ET COLPORTEURS SONT LÀ.
ALINE AVANCE TRISTEMENT AU MILIEU DE CETTE FOULE
QUAND SOUDAIN ...
TENEZ, MADEMOISELLE
JE VOUS OFFRE CETTE POMME, PUISSE-T-ELLE ADOUCIR VOTRE TRISTESSE !
OH ! MERCI !
C'EST MON GAUTHIER QUI SE RÉGALERAIT ...
JE LA GARDE POUR PLUS TARD !

IL ME RESTE MAINTENANT À RETOURNER À MON ÉPOQUE
POUR EXPLIQUER LES CAUSES DE L'ÉCROULEMENT DE L'ÉCHAFAUDAGE.
QUOIQU'IL M'EN COÛTE, IL ME FAUT RETOURNER AU CHÂTEAU !
PARFAIT, D'ICI PERSONNE NE PEUT ME VOIR RÉAPPARAÎTRE !
EN ROUTE POUR LE XXIème SIÈCLE
VRAIMENT IMPOSANT TOUTES LES TOURS !
COMME VOUS VOYEZ NOUS SOMMES EN PLEIN TRAVAUX...
POUR COMMENCER, JE VAIS VOUS MONTRER LE CELLIER...
INCROYABLE, VOILÀ LE GROUPE MAIS SANS MOI !
EH ! MADEMOISELLE !

METTEZ CE CASQUE !
AUTANT POUR ...
ÇA ALORS ... CES YEUX, CE VISAGE
QUI ÊTES-VOUS ? COMMENT VOUS APPELEZ-VOUS ?
JEAN GAUTHIER, POUR VOUS SERVIR, CHEF DE CHANTIER ET GÉNÉALOGISTE À MES HEURES !
ALORS, VOUS AVEZ FAIT UNE RECHERCHE SUR VOTRE FAMILLE ?
OUI, MAIS JE N'AI PAS PU REMONTER PLUS LOIN QUE LE XVIIIème SIÈCLE OÙ VÉCUT MON ARRIÈRE GRAND-PÈRE ! IL ÉTAIT MARÉCHAL FERRANT ET RÉPARATEUR DE CHARRETTES...
MERCI BEAUCOUP POUR CES INFORMATIONS...
JETANT UN DERNIER REGARD À L'ÉCHAFAUDAGE, ALINE COMPREND ALORS QUE TOUT EST ACCOMPLI ET QU'ELLE N'A POINT FAILLI.
QUELQUES SEMAINES PLUS TARD, ALINE REVIENT AVEC SES PARENTS VISITER LE CHÂTEAU DE BLANDY-LES-TOURS... EN SOUVENIR DE SON ÉTRANGE AVENTURE.
FIN DE L'ÉPISODE ...

Jean II de Melun (?-†1382) héritier des titres des maisons de Melun et de Tancarville, seigneur de Blandy, est proche du roi Jean II le Bon. A la suite de ce dernier, Charles V l'enjoint de faire fortifier sa terre de Blandy en s'engageant à financer les frais des fortification. Les premiers travaux sont réalisés à partir de 1371-1372. Après le décès de Jean II de Melun, les travaux de fortification sont poursuivis par son fils Guillaume IV aidé par Charles VI en 1385 et 1387.

Jean de Dunois (1402-†1468) ou Jean d'Orléans dit, de manière non péjorative, le bâtard d'Orléans. Né bâtard, fils adultérin de Louis Ier d'Orléans, le frère du roi Charles VI le Bien Aimé et de Mariette d'Enghien. Jean de Dunois est un des capitaines français de la guerre de Cent Ans. En 1439, il épouse en secondes noces Marie, l'héritière des Harcourt. Le beau Dunois, comme l'appelaient ses contemporains, et sa femme forment un couple uni et fidèle jusqu'à la mort de Marie en 1464. Compagnon d'armes de Jeanne d'Arc, il sert le roi Charles VII et son fils Louis XI jusqu'à sa mort en 1468. Ayant surtout des biens sur la Loire, il passe très peu de temps à Blandy et est inhumé à Cléry.

Marie d'Harcourt (?-†1464) comtesse de Tancarville, vicomtesse de Melun, fille de Jacques II d'Harcourt-Montgommery et de Marguerite de Melun. Son frère Guillaume, proche de Charles VII, participe aux négociations de paix entre la France et l'Angleterre et négocie avec Charles d'Orléans le mariage de Marie avec Jean de Dunois. Dunois et Marie d'Harcourt se marient en 1439. Avec ce mariage, la famille de Blandy renforce ses liens avec la famille royale des Valois. Au début du 15e siècle, le château de Blandy est une forteresse digne d'une famille puissante alliée aux maisons de Tancarville et d'Harcourt.

Jacqueline de Rohan (1520-†1587), marquise de Rothelin. Elle est l'épouse de François, marquis de Rothelin, fils cadet de Louis Ier d'Orléans-Longueville, descendant de Jean de Dunois et de Jeanne de Bade-Hochberg-Rothelin. A la mort de François en 1548, Jacqueline de Rohan reçoit Blandy en héritage pour elle et ses enfants et y vit de 1553 jusqu'à sa mort. Devenue protestante en 1557, elle y introduit la religion réformée.